ATRIUM

ERICH KÄSTNER

# MEINE KATZEN

VON POLA, LOLLO, BUTSCHI UND ANNA

Herausgegeben von Sylvia List

Atrium Verlag · Zürich

Erstausgabe
3. Auflage


Umschlagillustration von Isabel Kreitz, 2013
Druck und Bindung: Balto print, Vilnius
Printed 2015
ISBN 978-3-85535-433-7

www.atrium-verlag.com

# Inhalt

# Kästners Katzen

> Katzen haben uns gern, ohne sich aufzudrängen. Sie lassen sich nicht dressieren. Sie apportieren keine Stöckchen. Und wenn sie, stolzgeschwellt, eine Maus ins Zimmer bringen, kommen sie nicht als Treiber heim, sondern als Jäger.

In Erich Kästners Kinder- und Jugendjahren war es noch völlig selbstverständlich, sich Katzen zu halten. Wer sonst sollte die Mäuse daran hindern, Speisekammern und Vorratsschränke leer zu fressen? Elektrische Kühlschränke gab es ja noch nicht. Dass sich mit Katzen schmusen und wunderbar spielen lässt, besonders solange sie klein sind, war damals nebensächlich.

Kinder aber haben schon immer und zu allen Zeiten begeistert mit Katzen gespielt, haben versucht, sie zu dressieren, und sind daran allerdings genauso gescheitert wie Mäxchen Pichelsteiner (*Der Kleine Mann als Dompteur*). Aber auch große Kindsköpfe wie Eduard Schulze alias Geheimrat Tobler aus *Drei Männer im Schnee* haben es schon immer genossen, wenn in ihren Händen die Kätzchen schnurren (*Haben wir Ihren Geschmack getroffen?*), auch wenn die niedlichen Kuscheltiere letztlich tun, was sie wollen.

Kästner war der Umgang mit Katzen seit Kindheitstagen vertraut – »Jetzt sitzt mir eben die Mieze auf der Achsel«, heißt es auf einer Postkarte des Zehnjährigen –, längst ehe ein geschenktes graues Kätzchen ihn zum »Katzenhalter« machte. Das war Anfang 1946. Der kleine Maximilian, auch Mäcki genannt und seinem Alter entsprechend verspielt (*Ein ruhiger Nachmittag*), inspirierte Kästner zu mehreren Zeichnungen, von denen wir eine in diesem

Band abbilden, und wahrscheinlich auch zu dem bezaubernden Gedicht *Für die Katz*.

Zwei Jahre später erhielt Maximilian Gesellschaft, die elegante schwarze Halbangorakatze Pola, benannt nach dem schwarzhaarigen Stummfilmstar Pola Negri. Und Anfang der 1950er Jahre, vermutlich 1952, bekam Pola Junge: ein schwarzes Angorakätzchen, das der Mutter glich und bald nach der Geburt starb, und eines, das dem Vater glich, einem persisch blauen Kater, und das, weil sich hier das Mendel'sche Erbgesetz so klar bestätigt hatte, Oskar de Mendel genannt wurde (*Zwischen Stiefmütterchen*). Als dieser anfängliche Winzling sich dann aber zu einem Riesen auswuchs, wurde er nur noch Butschi gerufen – nach der Comic-Figur Butch the Burglar von Larry Reynolds. Das war ein liebenswerter Einbrecher, ein Schrank von Mann, der kleinen alten Damen über die Straße half, sich ständig bei seinen künftigen Opfern entschuldigte und beruflich auch nicht gerade Glanzleistungen vollbrachte.

Anfang Januar 1955 schickte Erich Kästner seinem Vater ein Foto »unserer dritten und kleinsten Katze«, einer hellgrauen Perserkatze, die »wegen ihrer wolligen Molligkeit« Lollobrigida, kurz Lollo, getauft wurde und sich zu einer kapriziösen Katzendame entwickelte – »sie hat ein Stiefmütterchengesicht, vor dem man rettungslos dahinschmilzt« (*Meine Katzen*).

Nach der für eine Perserdame äußerst unstandesgemäßen »Wiesenhochzeit« mit einem Nachbarskater brachte Lollo vier Kätzchen zur Welt – zwei getigerte, ein graues und ein schwarzes mit weißen Füßchen und weißem Latz. Das war das kleinste und wurde von seinen Geschwistern immer weggetreten (*Frontbericht Schrankzimmer*). Ständig musste jemand aufpassen, dass die Kleine auch ja genügend Muttermilch bekam. Ihr Zustand war anfangs so kritisch, dass nicht sicher war, ob sie durchkommen würde. »Lebt Anastasia noch?«, begrüßte man sich tagtäglich im Hause Kästner – und mokierte sich damit gleichzeitig über die aufgeregten Schlagzeilen der Boulevardpresse, die damals gerade heftig über das Schicksal der Zarentochter diskutierte. Der Name Anastasia blieb an der kleinen Schwarzweißen hängen, allerdings in der alltagstauglichen Kurzform Anna.

Zu Anna entwickelte Kästner eine besonders innige Beziehung. Sie war wohl, anders als die vornehmeren Perserkatzen und die in die Jahre gekommene Pola, eine »lustige« Katze, neugieriger, verspielter, artistischer. »Anna klettert neuerdings wie ein Wiesel auf die Tür zum Keller und balanciert dort oben wie ein Seiltänzer«, schreibt Kästner an seinen Vater. Diese Katze macht ihm Spaß, das wird auch ganz deutlich in *Meine Katzen,* und ihrer Unternehmungslust traut er schier alles zu, sogar den Wunsch nach einem eigenen Katzen-Ruderboot (*Vor allem Anna*). Die völlig unerwartete Nachricht von Annas Tod im Spätsommer 1965 trifft ihn so sehr, dass es ihm in seinem beherrscht, konventionell beginnenden Antwortbrief buchstäblich die Sprache verschlägt und er nach wenigen Sätzen abbricht: »Ach nein, ich kann kein Wort mehr darüber schreiben.« So unverstellt äußert Kästner seine Gefühle selten.

Vieles, was wir über den Alltag des »Katzenquartetts« wissen, verdanken wir den Hausnachrichten, die man sich in der Flemingstraße 52 auf die Treppe legte, um den jeweils aushäusigen Partner bei seiner Heimkunft über eventuelle Anrufe wie auch über Anwesenheit und Befinden der Katzen zu informieren (*All we three cats are in, Vor allem Anna*). Luiselotte Enderle hat einen ganzen Stoß dieser Notizzettel Kästners aufgehoben. Wenn man zum Beispiel darin liest: »Der kl Kater belagert unsre Villa und lässt oft sein Trompetchen von Jericho erschallen«, sieht man die Szene vor sich, die Kästner in *Eine kleine Nachtmusik* so köstlich beschreibt, nur dass in der Wirklichkeit, anders als im Gedicht, die schwarze Katze sich nicht hat einsperren lassen, sondern durchs Dachfenster »zu ihrem kleinen Kater in den Garten getürmt« ist.

In diesen Hausnachrichten – wie auch in den Briefen an Luiselotte Enderle – zeigt sich der sonst sprachlich ach so korrekte Kästner von einer ganz anderen Seite. Er albert herum (»sprachen über Dürrenmatt Dünnes«), denkt sich Wörter aus (»Tatütatar«), ignoriert souverän die Dudenregeln und schreibt, wie man spricht (»Katzeneinheizschule«) oder wie er es für angebracht hält (»inwändig«, wenn die Katzen im Hause, das heißt innerhalb der vier Wände, sind). Die gleiche Lust am Quatschmachen findet sich auch auf den vielen Katzenkarten aus Agra, von denen dieser Band eine kleine Auswahl bringt (*Katzengrüße*).

Und noch etwas zeigen diese Briefe und Notizen: nämlich, ein wie wichtiges Bindeglied die Katzen in der zunehmend schwierigeren Beziehung zwischen Erich Kästner und Luiselotte Enderle darstellten. »Die Katzen und der Flieder und die wilde Wiese« waren für Kästner wesentliche Elemente der gemeinsamen Münchner Häuslichkeit. Ein Leben ohne Katzen war für ihn in diesem Umfeld nicht denkbar. Es wäre, um einen Ausspruch Loriots zu variieren, zwar möglich gewesen, aber sinnlos. Und das hätte Kästner wohl ganz ernst gemeint.

München, im Sommer 2013 — Sylvia List

# Für die Katz

Wenn der Hufschmied den Gaul beschlägt,
wenn sich der Truthahn im Traum bewegt,
wenn die Mutter das Essen aufträgt,
wenn der Großvater Brennholz sägt,
wenn der Wind um die Ecke fegt,
wenn sich im Schober das Liebespaar regt,
wenn das Fräulein die Wäsche legt –
stets meint die Katze, man wollt mit ihr spielen!

Wie der Katze geht's vielen.

# Haben wir Ihren Geschmack getroffen?

Willkommen!«, sagte Direktor Kühne zu Herrn Schulze. »Darf ich Ihnen Ihr Zimmer zeigen?« Die beiden Preisträger erhoben sich. Schulze ergriff den Spankorb. Hagedorn sah Schulze freundlich an. »Lieber Herr Schulze, ich sehe Sie doch noch?«

Der Direktor griff ein. »Herr Schulze wird von der langen Reise müde sein«, behauptete er.

»Da irren Sie sich aber ganz gewaltig«, meinte Schulze. Und zu Hagedorn sagte er: »Lieber Hagedorn, wir sehen uns noch.« Dann folgte er dem Direktor zum Lift.

Der Portier legte sehr viel väterliche Güte in seinen Blick und sagte zu dem jungen Mann: »Entschuldigen Sie, Herr Doktor! Es tut uns leid, dass ausgerechnet dieser Gast der Erste war, den Sie kennenlernten.«

Hagedorn verstand nicht ganz. »Mir tut es gar nicht leid!«

»Herr Schulze passt, wenn ich so sagen darf, nicht in diese Umgebung.«

»Ich auch nicht«, erklärte der junge Mann.

Onkel Polter schmunzelte. »Ich weiß, ich weiß.«

»Noch etwas«, sagte Hagedorn. »Gibt es hier in allen Zimmern Tiere?« Er legte seine Hände auf die Theke. Sie waren zerkratzt und rotfleckig.

»Tiere?« Der Portier starrte versteinert auf die beiden Handrücken. »In unserem Hotel gibt es Tiere?«

»Sie haben mich offenbar missverstanden«, erwiderte Hagedorn. »Ich rede von Katzen.«

Onkel Polter atmete auf. »Haben wir Ihren Geschmack getroffen?«

»Doch, doch. Die kleinen Biester sind sehr niedlich. Sie kratzen zwar. Aber es scheint ihnen Spaß zu machen. Und das ist die Hauptsache. Ich meine nur: Haben auch die anderen Gäste je drei Katzen im Zimmer?«

»Das ist ganz verschieden«, meinte der Portier und suchte nach einem anderen Thema. Er fand eines. »Morgen früh kommt der Masseur auf Ihr Zimmer.«

»Was will er denn dort?«, fragte der junge Mann.

»Massieren.«

»Wen?«

»Sie, Herr Doktor.«

»Sehr aufmerksam von dem Mann«, sagte Hagedorn. »Aber ich habe kein Geld. Grüßen Sie ihn schön.«

Der Portier schien gekränkt. »Herr Doktor!«

»Massiert werde ich auch gratis?«, fragte Hagedorn. »Also gut. Wenn es durchaus sein muss! Was verspricht man sich davon?«

Der kleine Millionär verstellte sich vorbildlich. »Massage hält die Muskulatur frisch«, erläuterte Polter. »Außerdem wird die Durchblutung der Haut enorm gefördert.«

»Bitte«, sagte der junge Mann. »Wenn es keine schlimmen Folgen hat, so soll es mir recht sein. Haben Sie wieder Briefmarken?«

»Noch nicht«, sagte der Portier bedauernd. »Aber morgen bestimmt.«

»Ich verlasse mich darauf«, entgegnete Hagedorn ernst und ging in die Halle, um in Ruhe lächeln zu können.

Im vierten Stock stiegen Schulze und Karl der Kühne aus. Denn die Liftanlage reichte nur bis hierher.

Sie kletterten zu Fuß ins fünfte Stockwerk und wanderten dann einen langen, schmalen Korridor entlang. An dessen äußerstem Ende sperrte der Direktor eine Tür auf, drehte das Licht an und sagte: »Das Hotel ist nämlich vollständig besetzt.«

»Drum«, meinte Schulze und blickte, fürs Erste fassungslos, in das aus Bett, Tisch, Stuhl, Waschtisch und schiefen Wänden bestehende Kämmerchen. »Kleinere Zimmer haben Sie nicht?«

»Leider nein«, sagte der Direktor.

Schulze setzte den Spankorb nieder. »Schön kalt ist es hier!«

»Die Zentralheizung geht nur bis zum vierten Stock. Und für einen Ofen ist kein Platz.«

»Das glaube ich gern«, sagte der arme Mann. »Glücklicherweise hat mir der Arzt streng verboten, in geheizten Räumen zu schlafen. Ich danke Ihnen für Ihre ahnungsvolle Rücksichtnahme.«

»Oh, bitte sehr«, erwiderte Kühne und biss sich auf die Unterlippe. »Man tut, was man kann.«

»Die übrige Zeit werde ich mich nun freilich völlig in den Gesellschaftsräumen aufhalten müssen«, meinte Herr Schulze. »Denn zum Erfrieren bin ich natürlich nicht hergekommen.«

Karl der Kühne sagte: »Sobald ein heizbares Zimmer frei wird, quartieren wir Sie um!«

»Es hat keine Eile«, meinte der arme Mann versöhnlich. »Ich liebe schiefe Wände über alles. Die Macht der Gewohnheit, verstehen Sie?«

»Ich verstehe vollkommen«, antwortete der Direktor. »Ich bin glücklich, Ihren Geschmack getroffen zu haben.«

»Wahrhaftig«, sagte Schulze. »Das ist Ihnen gelungen. Auf Wiedersehen!« Er öffnete die Tür. Während der Direktor über die Schwelle schritt, überlegte sich Schulze, ob er ihm mit einem wohlgezielten Tritt nachhelfen sollte.

Er beherrschte sich aber, schloss die Tür, öffnete das Dachfenster und sah zum Himmel hinauf. Große Schneeflocken sanken in die kleine Kammer und setzten sich behutsam auf die Bettdecke.

»Der Tritt wäre verfrüht«, sagte Geheimrat Tobler. »Der Tritt kommt in die Sparbüchse.«

Auf der Treppe traf Hagedorn Herrn Schulze. »Ich friere wie ein Schneider«, sagte Schulze. »Ist Ihr Zimmer auch ungeheizt?«

»Aber nein«, meinte Hagedorn. »Wollen Sie sich bei mir einmal umschauen? Ich muss eine Karte nach Hause schreiben. Ich habe eben ein unglaubliches Erlebnis gehabt. Raten Sie! Nein, darauf kommt keiner. Also denken Sie an: Ich habe eben mit einem Herrn gesprochen, der den alten Tobler persönlich kennt! Der jeden Tag mit ihm zusammen ist! Was sagen Sie dazu?«

»Man sollte es nicht für möglich halten«, behauptete Schulze und folgte dem jungen Mann ins erste Stockwerk.

Hagedorn schaltete das elektrische Licht ein.

Schulze glaubte zu träumen.

Er erblickte einen Salon, ein Schlafzimmer und ein gekacheltes Bad.

Was soll denn das heißen?, dachte er. So viel besser ist ja nun seine Lösung des Preisausschreibens nicht, dass man mir die Bruchbude unterm Dach angedreht hat und ihm so 'ne Zimmerflucht.

»Trinken Sie einen Schnaps?«, fragte der junge Mann. Er schenkte französischen Kognak ein. Sie stießen an und sagten: »Prost!«

Da klopfte es. Hagedorn rief: »Herein!«

Es erschien ein Zimmermädchen. »Ich wollte nur fragen, ob der Herr Doktor schon schlafen gehen. Es ist wegen des Ziegelsteins.«

Hagedorn runzelte die Stirn. »Weswegen?«

»Wegen des Ziegelsteins«, wiederholte das Mädchen. »Ich möchte ihn nicht zu früh ins Bett tun, damit er nicht auskühlt.«

»Verstehen Sie das?«, fragte Hagedorn.

»Noch nicht ganz«, erwiderte Schulze. Und zu dem Mädchen sagte er: »Der Herr Doktor geht noch nicht schlafen. Bringen Sie Ihren Ziegelstein später!«

Das Mädchen ging. Hagedorn sank verstört in einen Klubsessel. »Haben Sie auch ein Zimmermädchen mit geheizten Ziegelsteinen?«

»Keineswegs«, meinte Schulze. »Französischen Kognak übrigens auch nicht.« Er grübelte.

»Auch keine siamesischen Katzen?«, fragte der andere und zeigte auf ein Körbchen.

Schulze griff sich an die Stirn. Dann ging er in die Kniebeuge und betrachtete die drei kleinen schlafenden Tiere. Dabei kippte er um und setzte sich auf den Perserteppich. Ein Kätzchen erwachte, reckte sich, stieg aus dem Korb und nahm auf Schulzes violetter Hose Platz.

Hagedorn schrieb die Karte an seine Mutter.

Schulze legte sich auf den Bauch und spielte mit der kleinen Katze. Dann wurde die zweite wach, schaute anfangs faul über den Rand des Korbes, kam dann aber nach längerer Überlegung ebenfalls auf den Teppich spaziert. Schulze hatte alle Hände voll zu tun.

Hagedorn sah flüchtig von seiner Karte hoch, lächelte und sagte: »Vorsicht! Lassen Sie sich nicht kratzen!«

»Keine Sorge!«, erklärte der Mann auf dem Teppich. »Ich verstehe mit so etwas umzugehen.«

Die zwei Katzen spielten auf dem älteren Herrn Haschen. Wenn er sie festhielt, schnurrten sie vor Wonne. Ich fühle mich wie zu Hause, dachte er. Und nachdem er das gedacht hatte, ging ihm ein großes Licht auf.

Als Hagedorn mit der Eilkarte zu Rande war, legte Schulze die zwei Katzen zu der dritten in den Korb zurück. Sie sahen ihn aus ihren schwarz maskierten Augen fragend an und bewegten die Schwänze vergnügt hin und her.

»Ich besuche euch bald wieder«, sagte er. »Nun schlaft aber, wie sich das für so kleine artige Katzen gehört!« Dann überredete er den jungen Mann, die Karte dem Stubenmädchen zur Besorgung anzuvertrauen. »Ich bin Ihnen Revanche schuldig. Sie müssen sich mein Zimmer ansehen. Kommen Sie!«

# Junger Mann, 5 Uhr morgens

Wenn ich dich früh verlasse,
tret ich aus deinem Haus
still auf die kahle, blasse,
öde Straße hinaus.

In dem Geäst sind Spatzen
zänkisch beim ersten Lied.
Drunter hocken zwei Katzen,
hölzern vor Appetit.

Wirst du noch lange weinen?
Oder ob du schon schläfst?
Wenn du doch endlich einen
bessern Menschen träfst.

In dem Laden, beim Bäcker,
wird der Kuchen zu Stein.
Wütend erwacht ein Wecker,
brüllt und schläft wieder ein.

Noch ist die große Pause
zwischen der Nacht und dem Tag.
Und ich geh nach Hause,
weil ich mich nicht mag.

Noch brennt hinter deinen
Fenstern etwas Licht.
Wirst du noch lange weinen?
Bald wird die Sonne scheinen.
Aber sie scheint noch nicht.

# Ein ruhiger Nachmittag

Ein Journalist hat, wie der Name sagt, dem Tag auf die Finger zu sehen. Der Redakteur hingegen kehrt der Welt den Rücken und liest. Wenn nun der Redakteur, wie es gar nicht selten vorkommt, ein Journalist ist, gerät er in eine jener Zwickmühlen, die der selige Kant Antinomien und Herr von Kalau Kantinomien genannt hat. Er sieht den Wald vor lauter zu Druckpapier verarbeiteten Bäumen nicht mehr. Eine papierdünne Wand, dicker als Klostermauern, trennt ihn vom Leben, über das seine Zeitung unermüdlich berichtet. Ein einziges Mal im Quartal nimmt er die Lesebrille aus dem Gesicht und verlässt gemessenen Schrittes das Büro. Dann begibt er sich zum Haareschneiden.

Gestern war *mein* Quartal wieder einmal um. Bewegt nahm ich von den Kollegen Abschied und schritt, von Locken bis zur Schulter umwallt, ins Leben hinaus. Ein Buch, *Tropic of Cancer* von Henry Miller, trug ich vorsorglich unterm Arm. Wie leicht kann die Welt den Redakteur enttäuschen! Dann ist es gut und nützlich, wenn er Lesestoff bei der Hand hat.

Der Himmel war, falls ich mich recht entsinne, frostig blau und blankgescheuert. Kräne reckten ihre Giraffenhälse aus den Trümmern, bückten sich kreischend und gruben ihre eisernen Mäuler gefräßig ins Gewesene. Die Gehsteige waren fast überall entrümpelt. Ja, man hatte die Schutthaufen vielerorts bereits durch neue Verkehrshindernisse ersetzt! Geschichtete Ziegel, Sand und Kies, knusprig und frisch, harrten der Maurer. […]

Ich schritt fürbass. In zugigen Torbögen, in fensterlosen Ladenecken, an wackligen Tischen mitten auf den Straßen hielten traurige Gestalten Lockenwickler feil, Fleckenwasser, eiserne Streichholzhülsen, Feuerstein, Knöpfe und klägliches Spielzeug. Es hätte mich nicht gewundert, wenn leicht zu rührende Passanten beim Anblick von so viel Armseligkeit in Tränen ausgebrochen wären. Doch die Empfindsamen schienen heute keinen Ausgang zu haben. Oder sie starben gerade aus. [...]

Im Friseursalon musste ich lange warten. Beim Friseur muss man immer lange warten. [...] Und so wandte ich mich dem Buche zu, das ich bei mir hatte.

Es war, in englischer Sprache, in Budapest gedruckt worden, und ich weiß nicht, ob es in Amerika, der Heimat des Autors, offiziell erschienen ist. Ein Pariser Kritiker hat neulich geschrieben, neben Henry Millers Romanen wirkten noch die deutlichsten, offenherzigsten Bücher Hemingways wie Bände aus einer Kinderbibliothek. Ich las und fand, es stimme. Millers zwischen Wildheit und Apathie taumelnder Pessimismus ist für Backfische nicht ganz das Richtige. Seine Verzweiflung, sein Zynismus und seine Aufrichtigkeit müssen den »Leser von Geschmack« beleidigen, als wären's Ohrfeigen. Und das ist zweifellos Henry Millers Absicht. Hier ohrfeigt ein Dichter die Menschen. Wer nicht hören will, muss fühlen.

Ich las und las. Währenddem stutzte mir, ohne dass ich's recht gewahr geworden wäre, ein Mädchen die Fingernägel. Dann schnitt mir ein freundlicher Mann in einem weißen Kittel die Haare. Erst als er mich fragte, ob er mir die Spitzen abbrennen solle, fand ich mich aus dem unheimlichen Buch, das in Paris spielt, nach München zurück. Die Spitzen abbrennen? Ja, der Fettmangel unserer Ernährung begünstige das Ausfallen und Brechen der Haare, und das Abbrennen der Spitzen wirke dem entgegen. Ich bin kein Spielverderber und sagte: »Brennen Sie!« Er entzündete ein Wachshölzchen und begann, meinen Kopf sorgfältig in Brand zu setzen. Erst knisterte es, als würden Wunderkerzen angesteckt. Das war schon sehr schön. Später roch es, als würde eine gerupfte Gans abgesengt. Das war noch viel schöner und fast wie Weihnachten. Hinterher wusch er das, was mir trotz Schneiden, Sengen und Brennen an Haaren verblieben war. Dann setzte er den Föhn in Betrieb. Und als ich das Geschäft verließ, glitzerten über den Ruinen längst die Sterne.

Zu Hause war nicht alles wie sonst. Maximilian, der kleine blaugraue Kater, kam mir nicht entgegen, sondern saß nachdenklich unter einem Stuhl. »Was fehlt ihm denn?«, fragte ich das Mädchen. »Er macht ein Gesicht, als ob er geheult hätte!«

»Geheult hat er nicht, Herr Doktor«, sagte sie. »Aber er will immer mit mir spielen, und wenn er mit mir spielt, beißt er mich fortwährend. Das tut weh, und ich verbiete es ihm, doch er folgt nicht.«

»Und?«

»Er folgt nicht, weil er ja gar nicht weiß, wie weh es tut! Und damit er es endlich weiß und weil es mir zu dumm wurde, da habe ich ihn vorhin, kurz bevor Sie kamen, ganz einfach wiedergebissen!«

Ein verblüffend neuer Weg, kleine Kater zu erziehen, dachte ich. Und überhaupt – an dieser Methode ist etwas dran.

Maximilian

# Liebes Lottchen! Lieber Mäcki! Wie geht's Euch denn?

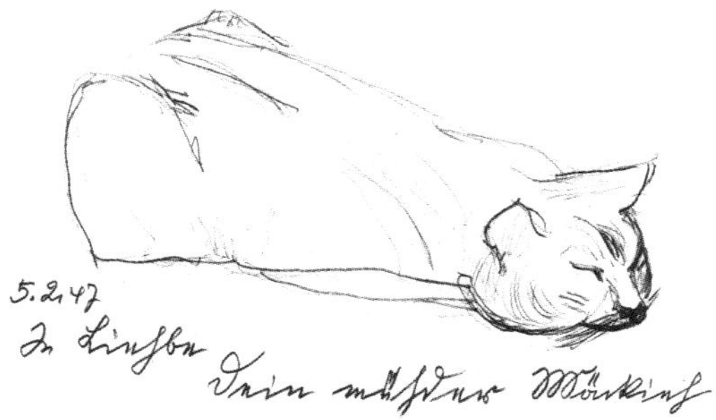


[Berlin,] 16. 2. 48
Mein liebes Lottchen! […]
Lieber Macksimiljahn, folgst Du denn der Mama gut, und was hast Du für Zensuren in der Katzeneinheizschule? Und schläfst Du nachts hübsch ruhig im Bett, oder treibst Du in fremden Haustüren Unfug? Lass mich das ja nicht sehen!
So, und nun muss ich schon wieder sausen, damit ich nicht zu spät zu Frl. Dressler komme. Winkewinke, Ihr Zwei!

Dresden, 25. 2. 48
Mir geht's gut, aber ich freue mich auf Dich, den Sohn Maximilian und die Wohnung.

Zürich, 24. 4. 48
How are you? Gesundheit, Redaktion, Maximilian, – alles wohlauf, die Luft geht raus und rein? Oder?

# Zwischen Stiefmütterchen

Die Sonne scheint. Sie streichelt den Balkon. Pola Negri, die samtschwarze Katze aus dem Lande Halbangora, nistet in einem der Blumenkästen zwischen den Stiefmütterchen und tut, als sei sie selber eines, wenn auch, im Gegensatz zu den übrigen, beweglicher und auf Blumenkästen nicht unbedingt angewiesen. Oskar de Mendel, Polas Sohn und vom Vater her persisch blauen Geblüts, pflückt gerad wieder ein Büschel knospiger Nelkenstängel und trabt damit, als trüge er einen viel zu großen grün gefärbten Schnurrbart, stolz ins Arbeitszimmer. Sangesfroh wie er ist, stößt er unterwegs helle, spitze Triumphschreie aus. Es klingt nach Kindertrompete. Die Mama schaut elegisch hinter ihm drein. So blicken die Mütter und Bonnen im Jardin du Luxembourg, wenn die Kinder davonrennen. Dann wendet Pola sich wieder ihrem Roman, ach nein, den Stiefmütterchen zu und schnurrt ein altes Dienstmädchenlied. Der Jardin du Luxembourg …

Pola und Baby Butschi

Dieser Park liegt dicht beim Paradies.
Und die Blumen blühn, als wüssten sie's.
Kleine Knaben treiben große Reifen.
Kleine Mädchen tragen große Schleifen.
Was sie rufen, lässt sich schwer begreifen.
Denn die Stadt ist fremd. Und heißt Paris.

In ein paar Tagen werde ich wieder einmal auf jenen Bänken sitzen. Wie jetzt auf meinem Balkon. Hier ist es schön. Dort wird's schön sein. Wenn nur die Zwischenzeit schon vorüber wäre! Ach, diese miserable Zwischenzeit! Der Pass. Das Visum. Die Devisen. Die Fahrkarten. Die Liste fürs Kofferpacken. Die Hotelbestellungen. Die Karte ans Postamt: »Da ich demnächst verreise, bitte ich Sie, Wert- und Einschreibsendungen bis zum ...« Die Miete im Voraus. Die Orders für die Sekretärin. Für die Haushälterin. Die Abfahrt und die Pünktlichkeit. [...] Man sollte lieber nicht auf Reisen gehen, sondern auf dem Balkon sitzen bleiben. Wie Pola. Zwischen den Stiefmütterchen.

# All we three cats are in
## Katzenpost für Emil Kästner und Luiselotte Enderle

[München,] 29. 1. 54
Mein lieber, guter Papa!
[…] Hier ist es seit Tagen mächtig kalt. Zum Glück beheizt unser Ofen, der im Keller steht, das Häuschen wunderbar. Natürlich verspeist er viel Koks. Aber das kann nichts helfen. Die Katzen gehen kaum noch in den Garten. Sie mögen Kälte nicht sonderlich gern; sie liegen lieber auf Lottes Bett oder an den warmen Wänden, hinter denen der Kamin läuft.

[München,] 30. 5. 54 *an Emil Kästner*
Schrieb ich schon, dass Pola neulich mit einer Blaumeise quer in der Schnauze ins Zimmer kam? Ich konnte sie ihr glücklicherweise wieder abjagen und hinauslassen. Sie hatte aber ganz schön Federn lassen müssen. Heute kam jede Katze mit einer Maus an. Das war auch kein reines Vergnügen für uns. Für die Mäuschen noch viel weniger.

Butschi

L[iebe[ L[otte],
Pola und Butschi haben noch etwas Tatütatar gefressen. Rest auf dem Ice-Schrank. Ich hab ein gekochtes Ei und Plockwurst (ganz

gut, aber komische »Rinde«) probiert. Wer war Plock? Die verfluchte Halbbildung! Das schlechte Wetter hatzich eines besseren besonnen. Emil

[München,] 11. 1. 55    *an Emil Kästner*

Da schick ich Dir ein Porträtfoto unserer dritten und kleinsten Katze. Sie ist heller grau als auf dem Foto. Aber die süße Schnauze stimmt.

LL,

alle drei Kätzchen sind inwändig. Pola tyrannisiert den Rest.

Wie war's? […]

Essen mag ich nicht, nein, meine Suppe ess ich nicht.

Emilchen

Pola ist im Bad.

[München,] 6. 6. 1955 *an Emil Kästner*

Die Wiese ist fast einen Meter hoch. Die Stachelbeeren beginnen zu schwellen. […] Die Bohnen beginnen in den nächsten Tagen zu ranken. Der Flieder verwelkt. Die Pfingstrosenknospen sind noch nicht sehr dick. Das Wetter hat dieses Jahr wieder schrecklich getrödelt! Aber trotzdem ist es wunderschön, gerade jetzt, in der prallen Sonne. Ich lasse meinen Bauch bescheinen, trinke kühles Bier und schnurre wie die drei Katzen, die, irgendwo im Gras versteckt, ihr Leben bei Kästners genießen.

Frontbericht Schrankzimmer

Die Mäuse wachsen *minütlich*. Die graue wirkt in der Stille. Die zwei gestromten sind frech. Die schwarze wird untergebuttert, wenn wir nicht aufpassen. Ich hab schon versucht, sie besser zu legen. Lollo hat nichts dagegen. Aber die »Stromer« treten die Schwarze schnell beiseite. Zur Zeit »zieht sie den kürzeren«.

Emilchen
(stud. med. vet.)

PS. Butschi ist *in*; Pola im Lehnstuhl à la Veranda.

Lollo und ihre Kinder

LL, Lollo war Frau Paul gegen 5 h entwischt und vergaß das Wiederkommen. Bis gegen ½ 9, wo ich sie mit Glockengeläut zurücklockte. Die junge Mutter

ist nicht läufig, aber die vier kleinen Buntfinken gehen ihr halt zuweilen auf die Nerven.
So. Das war's. Butschi macht seinen Verdauungsspaziergang, d. h. er ist ½10 ins Grüne. Lässt Du ihn ins Haus?
War's nett? Was hast du als Hollywood-Kur gefuttert?
Servus!

Emilchen

Ich und die Katzen sind satt. Infolge Futters.

LL, […]
3. Die Katzen außer Lollo haben handgewärmtes Tatar gefressen.
4. Butschi terrassiert noch. Die andern drei sind inwendig.
5. Der kl Kater belagert unsre Villa und lässt oft sein Trompetchen von Jericho erschallen.
6. Schreib mir eine Zeile auf, wie's war!

Emil

Pola ist, anscheinend durch ein Dachfenster, zu ihrem kleinen Kater in den Garten getürmt. E

Liebe Lotte,
blöde, dass mir Butschi durch die Tür witschte! Er kommt nicht, und ich muss die Professorin Krüger treffen! Die deutsche Kinderbuch- und Pädagogik-Obertante! Aber die drei anderen, sogar Lollo, sind im Haus. Wie war's in der Kastratosphäre? Iss was Kräftiges! Und salbe dich, wie angeordnet!

Dein Emil

LL,
nun, wie war der Fülm zum zwoten Mal? Mir hatte damals der Melvin Douglas so gut gefallen.
Anna u Butschi sind im Haus. Pola fängt Falter. Lollo ist kapriziös. Vielleicht haben sie Hunger, wenn Du heimkommst.

Dein Emil

LL, Pola ist noch unterwegs. Trotz meiner Bemühungen. Sie wird also auf Einlass warten!
Hoffentlich war's nett. Emil

LL, alle vier Katzen sind inwändig. Pola liegt auf meinem Bett und schnarcht.

Pola

# Eine kleine Nachtmusik
## oder Die kleine Katermusik

Ach schicken Sie doch mal Ihr Fräulein Katze raus!
Sie sitzt nervös am Fenster, sie kann nicht aus dem Haus!
Ach sie hat so schwarze Beine
und ein seidensamtnes Fell,
und wir sind zu viert alleine,
und der Vollmond scheint so hell!
Er versilbert Gras und Flieder
und vergrößert unsre Qual …
Sie kriegen die Dame ja wieder,
Donnerwetternocheinmal!
Nun schicken Sie schon endlich Ihre Katze zu uns raus!

# Die Wäschefrage

Es gibt Erinnerungen, die man, wie einen Schatz in Kriegszeiten, so gut vergräbt, dass man selber sie nicht wiederfindet. Und es gibt andere Erinnerungen, die man wie Glückspfennige immer bei sich trägt. Sie haben ihren Wert nur für uns. Und wem wir sie, stolz und verstohlen, zeigen, der sagt womöglich: »Herrje, ein Pfennig! So was heben Sie sich auf? Warum sammeln Sie Grünspan?« Zwischen unseren Erinnerungen und fremden Ohren sind mancherlei Missverständnisse möglich. Das merkte ich neulich, als ich abends auf der Terrasse meinen vier Katzen ein paar Kapitel vorlas.

Das heißt, Anna, die Jüngste, schwarzer Frack mit weißem Hemd, hörte nicht lange zu. Sie versteht Vorgelesenes noch nicht. Sie kletterte auf eine der Eschen, blieb in der Baumgabel sitzen und sah wie ein kleiner Oberkellner aus, der eine alberne Wette gewinnen möchte.

Pola, Butschi und Lollo hörten sich die Vorlesung geduldiger an. Manchmal schnurrten sie. Manchmal gähnten sie, leider ohne die Pfote vorzuhalten. Pola kratzte sich ein paarmal hinterm Ohr. Und als ich, leicht nervös, das Manuskript zugeklappt und auf den Tisch gelegt hatte, sagte sie: »Den Abschnitt über das Waschhaus, das Wäschelegen und die Wäschemangel beim Bäcker Ziesche sollten Sie weglassen.«

»Warum?«, fragte ich. Meine Stimme klang etwas ungehalten. Denn mein Herz hängt an all den Zeremonien, die schmutzige Wäsche in frische, glatte, duftende Stücke zurückverwandeln. Wie oft hatte ich meiner Mutter bei fast jedem Handgriff geholfen! Die Wäscheleinen, die Wäscheklammern, der Wäschekorb, die Sonne und der Wind auf dem Trockenplatz beim Kohlenhändler

Wendt in der Scheunhofstraße, das Besprengen der Betttücher, bevor sie auf die Docke gerollt wurden, das Quietschen und Kippen der elefantenhaften Mangel, das Zurückschlagen und Abfangen der Kurbel, die ganze weiße Wäschewelt sollte ich vernichten? Wegen einer schwarzen Angorakatze?

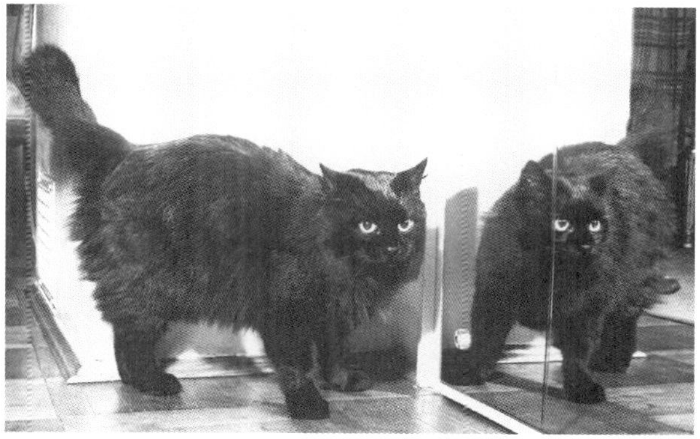

Pola

»Pola hat vollkommen recht«, sagte Butschi, der vierzehn Pfund schwere, grauhaarige Kater. »Lassen Sie die weiße Wäsche weg! Sonst legen wir uns drauf, und dann schimpfen Sie.« – »Oder Sie hauen uns wieder, bis Ihnen der Arm weh tut«, meinte Lollo, die persische Dame, pikiert. »Ich haue euch, bis mir der Arm weh tut?«, fragte ich empört. »Nein«, gab Pola zur Antwort, »aber Sie drohen uns immer damit, und das ist genau so schlimm.« – »Lassen Sie die blütenweiße Wäsche fort!«, sagte Butschi und klopfte energisch mit dem Schweif auf die Terrassenziegel. »Sonst gibt es wieder Ärger«, erklärte Lollo, »wie neulich wegen Ihrer schönen weißen Hemden. Dass die Schranktür offen stand und dass es vorm Haus geregnet hatte, war ja schließlich nicht unsre Schuld!«

»Um alles in der Welt!«, rief ich. »Zwischen wirklicher und geschriebener Wäsche ist doch ein Unterschied! Wirkliche Katzen, so dreckig sie aus dem Regen kommen, können sich doch nicht auf geschriebene Wäsche legen!« »Das sind Haarspaltereien«, meinte Pola und begann sich zu putzen. Lollo starrte mich aus ihren goldgelben Augen an und sagte gelangweilt: »Typisch Mensch! Wäsche ist Wäsche. Und Schläge sind Schläge. Uns Katzen können Sie nichts vormachen.«

Butschi

Dann dehnten sich alle drei und spazierten in die Wiese. Butschi drehte sich noch einmal um und meinte: »Wenn wenigstens Mäuse in Ihrem Buche vorkämen! Ich fresse auch geschriebene! Aber die Menschen sind nett und rücksichtslos. Das ist für Katzen nichts Neues.« Auf halbem Wege machte er wieder kehrt. »Ich komme heute Nacht etwas später«, teilte er mit. »Es ist Vollmond. Machen Sie sich meinetwegen keine unnötigen Sorgen!« Nun war auch er verschwunden. Nur die Grashalme, die sich über ihm bewegten, verrieten, wohin er ging. Drei Häuser weiter wohnt sein zurzeit bester Freund.

Nun, das Wäschekapitel hab ich gestrichen. Nicht mit ihren Gründen, doch in der Sache mochten die Katzen recht haben. Ich hatte ihnen einen meiner Glückspfennige gezeigt, und nun steckte ich ihn wieder in die Tasche. Es tat mir ein bisschen leid, und ich war ein wenig gekränkt, aber Verdruss gibt es schließlich in jedem Beruf. Anstelle der Wäsche hätte ich jetzt, dem Kater zu Gefallen, mühelos zwei, drei Mäuse anbringen können, doch so weit geht die Liebe nicht. Denn fürs Aufschreiben von Erinnerungen gelten zwei Gesetze. Das erste heißt: Man kann, ja man muss vieles weglassen. Und das zweite lautet: Man darf nichts hinzufügen, nicht einmal eine Maus.

# Meine Katzen

Da sitz ich nun, mit gespitztem Bleistift und blütenweißem Papier ausgerüstet, am Tisch in der frischgemähten Wiese hinterm Haus und will über Katzen schreiben. Nicht über die Götterkatzen und Katzengötter der Pharaonen. Nicht über die halbverwilderten und halbverhungerten Katzen in den Winkeln Venedigs oder über die im Reiseführer als römische Sehenswürdigkeit vermerkten Katzen des Pantheons. Nicht über Pickles, die diensttuende Katze im Tower zu London. Nicht über den Kater namens Tiger, der nachts die Rotationsmaschinen der *Times* beaufsichtigt. Nicht einmal über die schwarze Katze des Savoy Hotels, die, mit einer Serviette um den Hals, auf einem Stuhl neben Jimmy Edwards sitzen muss, falls er sonst bei Tisch der Dreizehnte wäre.

Lollo

Ich will nur über die vier Katzen schreiben, die seit Jahren bei und mit uns leben. Denn nur über sie weiß ich ein wenig Bescheid. Ein klein wenig Bescheid. Ich bin ja kein Tierpsychologe, kein Verhaltensforscher und kein Veterinärarzt, sondern ein simpler »Katzenhalter«. Das Wort stammt nicht von mir, sondern aus Druckerzeugnissen sonst untadeliger Tierschutzvereine. Nun gibt es also außer

Federhaltern und Büstenhaltern auch Katzenhalter, und ein solcher bin ich, ob mir das Wort gefällt oder nicht.

Während ich die ersten Sätze auf dem Papier überfliege, spür ich plötzlich, dass ich nicht mehr allein bin. Die vier Katzen, die zu halten und über die zu schreiben ich die Ehre und das Vergnügen habe, sind aufgetaucht. Sie kommen, wenn wir schreiben, überhaupt gern in unsere Nähe. Das Thema ist ihnen gleichgültig. Dass sie diesmal selber an der Reihe sind, interessiert sie nicht weiter. Es geht ihnen ums Prinzipielle. Es tut ihnen wohl, wenn andere Leute arbeiten. Dann genießen sie ihr eigenes Nichtstun doppelt und dreifach. Vielleicht ist auch Mitleid im Spiele. Vielleicht denken sie: »Da rackert er sich nun ab, damit er für uns frisches Schabefleisch kaufen kann!«

Wie dem auch sein mag – die vier sind lautlos und »ganz zufällig« eingetroffen. *Lollo,* persisch-blau mit goldenen Augen, eine Prinzessin im Pelz, hockt auf dem vierten Betonpfosten des Lattenzauns zur Linken und starrt angelegentlich ins Gemüsebeet. Sie bezeugt ihre Aufmerksamkeit, indem sie von mir wegschaut. Das ist so ihre Art. Sie hat einen ausgeprägten Sinn fürs Kapriziöse. Es wäre aber auch möglich, dass sie mich nicht von der Arbeit ablenken will. Denn sie hat ein Stiefmütterchengesicht, vor dem man rettungslos dahinschmilzt, und sie weiß es. Vielleicht will sie also nur verhüten, dass mich mein Schönheitssinn überwältigt. Gesenkten Kopfes mustert sie die Möhren und den Sellerie. Schreiben soll ich, nicht bewundern.

*Anna,* die Jüngste und Kleinste, schwarz und weiß, mit rosafarbener Nasenspitze, hat wohl im Schatten der Fliederbüsche oder unter der Blautanne geschlafen. Jetzt sitzt sie, hast du nicht gesehen, am Bach und zählt die Forellen. Obwohl sie längst weiß, dass es nur zwei sind. Oder sie forscht nach der winzigen Ringelnatter, die sie gestern, stolz und unter spitzen Triumphschreien, apportierte. Es sah aus, als hielte sie zwei bis drei Paar schwarzer

Schnürsenkel zwischen den Zähnen, und die Nase glühte vor Eifer kirschenrot. Da sich die winzige Schlange tot stellte, ließ Annas Interesse sehr bald nach. Was sich nicht bewegt, interessiert Katzen nicht. (Wenn das die Mäuse wüssten!) Ich trug die Ringelnatter, die das Abenteuer heil überstanden hatte, zum Wasser zurück, und schon schlängelte sie sich davon.

Anna

»Anna!«, ruf ich im Flüsterton. Sie blickt flüchtig herüber, wendet sich wieder ab und manikürt die linke Vorderpfote. Es sieht aus, als lache sie sich leise ins Fäustchen. Dass sie Lollos Tochter ist, glaubt nur, wer es weiß. Viel eher ähnelt sie nach Aussehen und Temperament dem Papa, einem durchaus unpersischen bunten Kater aus der Umgebung, den wir den »Pennäler« nannten und der sich nach der hitzigen Wiesenhochzeit mit Lollo nie wieder sehen ließ. Anna hat wie er kurze gekrümmte Fußballerbeine, klettert gern auf Bäume, beherrscht die viel schwierigere Kunst des Herunterkletterns meisterhaft, hält das Hausdach für ein an schönen Abenden erstrebenswertes Ausflugslokal, wird oft, aus Versehen, in Schränken eingeschlossen und hat auch sonst nichts Orientalisches oder gar Fürstliches an sich. Bis auf die Augen! Die geheimnisvoll goldenen Augen hat sie von der Mutter. Sie schauen aus dem schwarzweißroten lustigen Gesicht heraus, als säße in unserer Anna eine zweite, eine fremde und ganz andere Katze drinnen. »Anna!«, ruf ich noch einmal. Doch jetzt treibt sie Gymnastik, steckt ein Hinterbein kunstvoll hinter den Kopf, wäscht sich das weiße Frackhemd und hat keine Sprechstunde.

»… und hat keine Sprechstunde«, schreib ich eben, da streicht unterm Tisch eine große Katze an meinen Beinen entlang. Man könnte besser sagen, sie streichle sich entlang. Bevor sie weiterwandert, wartet sie gurrend, dass ich ihr einen zärtlichen Klaps gebe. Das gehört zum Zeremoniell. Sie kriegt ihren Klaps. Dann kommt sie unterm Tisch hervor und schlendert, angoraschwarz mit grünen Augen, in den noch ungemähten Teil der Wiese, wo sich, hinter hohen Halmen, Hahnenfuß und rotem Klee, ein von ihr geschätztes schattiges Grasbett befindet. Eine Höhle mit dem blauen Himmel als fernem Dach. Ein luftiges Ruhelager für die Siesta einer älteren Dame. Die Schwarze heißt *Pola* und lebt mit uns schon so lange zusammen, dass wir uns scheuen, ihr die Jahre nachzurechnen, die sie hinter sich und, der Wahrscheinlichkeit nach, noch vor sich hat. Wenn sie die Stiege im Haus herunterkommt, klingt es mitunter, als habe sie ein Holzbein. Wenn sie, im Luftsprung, Kohlweißlinge erlegt, wenn sie Mäuse abliefert oder gar, wenn sie sich, abends im Wohnzimmer, scheinbar längst vergessener Spiele aus ihrer Kinderzeit erinnert und sie uns und den drei jüngeren und staunenden Katzen vorspielt, dann ist sie nicht die älteste, sondern die jüngste der vier. Ihre Autorität wird trotzdem von den drei anderen nicht eine Sekunde angezweifelt. Anciennität und Rang sind in dem Quartett ein und dasselbe. Wer, gleichzeitig mit ihr, in die Küche einbiegt und fressen will, weiß, dass er vor den vier Tellern zu warten hat, bis sich Pola zu einem der Gerichte entschließt, »Mahlzeit!« sagt und zu fressen beginnt. Am leichtesten

Pola

fällt den dreien der eingeborene Gehorsam, wenn auf einem der Teller grüne Bohnen serviert sind, Haricots verts, etwas für Feinschmecker. Grüne Bohnen sind ausschließlich Polas Spezialität.

Die einzige Katze, die, selten genug, und auch dann nur für Augenblicke, Tradition und Respekt vergisst, ist unser einziger Kater. Er wiegt fünfzehn Pfund, trägt wie Lollo einen blaugrauen Pelz, heißt *Butschi* und ist – Polas Sohn! Sein Vater war ein berühmter Perser, lebte in einem Zwinger am Starnberger See, empfing viel Damenbesuch und wurde eines Tages gekidnappt. Seitdem hat man nichts mehr von ihm gehört. Butschi seinerseits fiel einmal, als er noch ein sehr kleiner Junge war und niemand es sah, von unserem Schwabinger Balkon, verkroch sich unauffindbar unter einem Schuppen, litt ohne Laut und wurde von uns erst nach zwei Tagen und Nächten eifrigsten Suchens entdeckt. Da brüllte er vor Schmerzen wie ein Löwe. Er wurde wieder gesund. Er wuchs und wurde ein Riese. Aber ein Riese mit menschlichen Zügen, mit Anfällen von Zweifel an der ihm verliehenen Kraft und Größe. Nur manchmal besinnt er sich, fast abrupt, auf das Thema »Geschlecht und Charakter«, verteilt Ohrfeigen, faucht sogar Pola, seine Mutter, an und rebelliert gegen das Matriarchat. Butschis Putschversuche währen nicht lange. Die verwunderten Blicke, mit denen ihn die drei Katzen betrachten, irritieren und ernüchtern ihn. Manchmal läuft seine Mutter vor ihm davon und verkriecht sich. Ihre Angst ist die pure Ironie. Das spürt er. Und dann fügt er sich wieder in sein Schicksal. Und wird der sanfte Riese, der er ist.

Eben hat er sich vom kühlen feuchten Gurkenbeet hochgeräkelt, passiert den schmalen Trampelpfad zwischen den hohen Büschen aus Esche und Faulbaum und bleibt vorm Tische sitzen. Er schaut mich an und wartet auf ein Wort. Er wartet aufs Stichwort. »Na, mein Dicker!«, sag ich, und schon sitzt er auf dem Tisch zwischen den Papieren, miaut und schnippt den Bleistift von der Tischplatte. Seine stille Leidenschaft für Schriftstellerei geht weit über das auch von den anderen Katzen bezeugte Interesse hinaus. Deswegen nennen wir ihn auch »Sekretär«, manchmal sogar »Generalsekretär«, und er hört darauf wie auf seinen Rufnamen. Ich streichle ihn, während ich den Bleistift aufhebe. Und er stößt den Kopf in meine Handfläche. Er »gibt Köpfchen«, wie das neulich jemand genannt hat. Danach springt er vom Tisch und jagt Anna, über die Bachplanke hinweg, im Zickzack, Kapriolen schlagend und sich mit ihr überkugelnd, ins Haus. Zum zweiten Frühstück. Ich betrachte mein Manuskript. Die erst Seite hat Schaden genommen. Butschi, der Sekretär mit den gelben Augen und dem menschlichen Blick, hat Fingerabdrücke hinterlassen. Das Wort »Katzenhalter« ist kaum noch lesbar.

Butschi

Wenn mich neugierige Leute so ganz obenhin fragen, warum ich Katzen gernhätte, pflege ich zu antworten: »Weil sie nicht bellen!« Dann lächeln die mühsam neugierigen Leute süßsauer und wechseln, wie die Erfahrung gezeigt hat, das Thema. Sie vermuten, ich wolle mit ihnen eher und lieber über abstrakte Kunst oder elektrische Rasierapparate reden als über Katzen. Damit haben sie recht. Oder sie halten meine Bemerkung für einen unfreiwillig schlechten Witz. Und damit haben sie unrecht.

Der Hund ist selbstverständlich ein ebenso liebenswertes Geschöpf wie die Katze. Wenn ich aber, statt mit vier Katzen, mit vier Hunden zusammenleben sollte, gäbe ich, spätestens am dritten Tage, dem Hund vom Dienst das für mehrere Monate nötige Verpflegungsgeld und zöge spornstreichs ins Hotel. Die Welt ist ohnehin zu laut, zu hastig und immerzu außer Atem. Sie dröhnt wie eine Maschinenhalle. Sie hämmert auf unser Trommelfell, als nahe das Jüngste Gericht wie ein Zirkus mit tausend Kapellen. Wo sonst, wenn nicht zu Hause, sollte man aufatmen und Atem holen? Wo sonst könnte man »mit der Seele baumeln«, wie Tucholsky das genannt hat? Es gibt freilich heute schon Hunde, die nur noch bellen, wenn man vorher ein schriftliches Gesuch eingereicht hat. Und nächstens wird man Hunde züchten, die nicht nur, was es ja bereits gibt, wie Schafe aussehen, sondern auch »Mäh« und »Bäh« sagen. Das wären keine Hunde mehr, sondern Nürnberger Spielzeug, das sich von selber aufzieht. Es gehört zum Hund, dass er den Herrn, der von der Reise heimkommt, mit Freudengebell empfängt, ihn umtanzt, anspringt und, wenn möglich, umwirft. Nun, wenn ich mit dem Koffer ins Haus trete, kommen die Katzen treppab, schauen mich kurz an und gehen mir, mindestens zehn Minuten lang, ostentativ aus dem Wege. Da ist kein »Herr« heimgekehrt, dem man die Hand küsst, sondern der Freund, der sie gekränkt hat. Das muss man ihm heimzahlen. Da muss man die Wiedersehensfreude verbergen, wenn auch nur für zehn Minuten. Dann erst kommt man en passant zurück, hilft beim Kofferauspacken und blickt dem geliebten Halunken ins Gesicht. Ernst und fragend. Und schweigsam.

Den rabiaten Jubel und den Derwischtanz der Hunde versteh ich so gut wie die stummen Vorwürfe der Katzen. Doch diese Vorwürfe und das Wiedersehensglück, das noch nach Schmerz schmeckt, und den gekränkten Stolz, der Zeit braucht, eh er in der Freude dahinschmilzt, das alles kann ich besser nachfühlen. Mein Verstand könnte schwanken. Meinem Gefühl bleibt keine Wahl. Sympathie ist Wahlverwandtschaft.

Alle beide, der Hund und die Katze, sind reich an Tugenden und Talenten, doch der Hund hat ein Talent zu viel: Er lässt sich dressieren. Und er hat eine Tugend zu wenig: Er ist ein Tier ohne Geheimnisse. Manchmal glaub ich fast, am liebsten wär er ein vierbeiniger Mensch, uns möglichst ähnlich, nur schneller. Die Katze springt nicht durch Reifen und denkt nicht im Traume daran, uns zu Gefallen auf den Hinterbeinen herumzustelzen. Dergleichen ginge gegen ihre Würde, gegen ihren guten Geschmack und gegen ihre schönste Passion, den Freiheitsdrang. Zwang macht sie rasend. Zwang macht sie krank. Manche Leute folgern aus der Undressierbarkeit der Katze, dass sie weniger intelligent sei als der Hund. Damit geben sie eine Kostprobe von ihrer eignen Intelligenz. Sie schlafen mit offenen Augen, und wir wollen sie nicht wecken. Die Katze ist ein geheimnisvolles Tier. Nur für uns? Oder ist sie sich zuweilen selbst ein Rätsel? Der englische Schriftsteller T. S. Eliot, ein Nobelpreisträger und Katzenhalter, hat sich ernsthaft, und das heißt humorvoll, mit dieser Frage beschäftigt. In dem Gedichtband *Old Possum's Book of Practical Cats,* der in der Bibliothek Suhrkamp deutsch erschienen ist. Eines der Gedichte hab ich übersetzt. Eliot sinnt darüber nach, worüber wohl die Katzen nachsinnen, wenn sie »in profound meditation« vor sich hin starren. Das Gedicht gehört, find ich, hierher.

*Wie heißen die Katzen?*
Wie heißen die Katzen? gehört zu den kniffligsten Fragen
Und nicht in die Rätselecke für jumperstrickende Damen.
Ich darf Ihnen, ganz im Vertrauen, sagen:
Eine jede Katze hat *drei verschiedene Namen.*
Zunächst den Namen für Hausgebrauch und Familie,
Wie Paul oder Moritz (in ungefähr diesem Rahmen),
Oder Max oder Peter oder auch Petersilie –
Kurz, lauter vernünft'ge, alltägliche Namen.
Oder, hübscher noch, Murr oder Fangemaus

Oder auch, nach den Mustern aus klassischen Dramen:
Iphigenie, Orest oder Menelaus –
Also immer noch ziemlich vernünft'ge, alltägliche Namen.
Doch nun zu dem nächsten Namen, dem zweiten:
Den muss man besonders und anders entwickeln.
Sonst könnten die Katzen nicht königlich schreiten,
Noch gar mit erhobenem Schwanz perpendikeln.
Zu solchen Namen zählt beispielsweise
Schnurroaster, Tatzitus, Katzastrophal,
Kralline, Nick Kater und Kratzeleise –
Und jeden der Namen gibt's nur einmal.
Doch schließlich hat jede noch einen dritten!
*Ihn kennt nur die Katze* und gibt ihn nicht preis.
Da nützt kein Scharfsinn, da hilft kein Bitten.
Sie bleibt die Einzige, die ihn weiß.
Sooft sie versunken, versonnen und
Verträumt vor sich hin starrt, ihr Herren und Damen,
Hat's immer und immer den gleichen Grund:
Dann denkt sie und denkt sie an diesen Namen –
Den unaussprechlichen, unausgesprochenen,
Den ausgesprochen unaussprechlichen,
Geheimnisvoll dritten Namen.

Eliot meint also lächelnd, die Katze kenne ihren dritten Namen. Sie gäbe ihn nur nicht preis. Sie sei nur für uns rätselhaft, nicht für sich selber. Hat er recht? Hat er unrecht? Ich weiß es nicht, und ich weiß nicht einmal, ob ich's wissen möchte.

Warum, zum Beispiel, behandelt mich Anna, die kleine Schwarzweißrote, tagsüber, als seien wir miteinander allenfalls flüchtig bekannt? Während sie sich doch Nacht für Nacht, ob ich nun lese oder einschlafen will, wie eine unermüdliche Odaliske aufführt? Sie umgirrt mich. Sie umturnt mich. Sie will mich waschen und putzen. Sie ermahnt mich mit der Pfote, wenn ich im Streicheln erlahme. Sie lässt mir keine Ruhe, die Odaliske mit den Fußballerbeinen und der roten Nasenspitze! Und am nächsten Morgen?

Am nächsten Morgen ignoriert sie mich, als sei ich der Gasmann oder Besuch aus dem Rheinland! Warum? Ich weiß es nicht. Weiß sie es? Weiß sie, dass sie mich in spätestens zwölf Stunden vor lauter Zärtlichkeit wird auffressen wollen? Weiß sie es nicht?

Es sind keine düsteren Geheimnisse, von denen die Katzen umgeben sind, sondern freundliche Rätsel. Sie bewahren unsere Zuneigung davor, gewöhnlich zu werden. Sie stiften Distanz. Sie geben der Freundschaft Form. Sie verleihen ihr Stil. Sie erhöhen ihren Zauber. Das sind große Worte? Das sind -große Worte. Ich finde keine kleineren.

In der Abenddämmerung besucht uns zuweilen ein Käuzchen. Es meldet sich schon von weitem mit seinem »Kiwitt«, fliegt ein paar Schleifen und setzt sich, dicht über der Terrasse, auf einen Ast. Pola wartet bereits. Denn das Käuzchen besucht nicht uns, sondern Pola. Dann sitzen die zwei, wenige Meter voneinander entfernt, vollkommen regungslos und schauen sich unverwandt an. Wir stehen am Fenster und rühren uns nicht. Führen die beiden ein stummes Gespräch? Unterhalten sie sich über Mäuse? Ihre Silhouetten sehen aus wie Geschwister. Wie zwei Käuze? Wie zwei Katzen? Erst wenn der Schatten im Baum, nach zehn, ja fünfzehn Minuten, die Flügel regt, wird er wieder zum Vogel. Lautlos umkreist er noch einige Male die Terrasse. Dann fliegt er, mit immer leiser werdendem Kiwitt, davon. Pola blickt sehnsüchtig hinterdrein. Möchte sie Flügel haben? Endlich regt und dehnt sie sich, als habe sie geträumt, kommt ins Zimmer und schaut uns fragend an. Was will sie fragen? Was sollten wir antworten? »Lass es gut sein«, sag ich, »man kann nicht alles haben.« Als ob sie das nicht besser wüsste als wir! Sie springt aufs Sofa, legt den Kopf zwischen die Pfoten und schließt die Augen. Sie schläft nicht. Sie schnurrt leise. Sie ruht. Sie ruht in sich.

Wir könnten von den Katzen manches lernen. Wenn wir wollten.

# Brief nach der Scheidung

Nun bist Du fort. Schon seit Sonnabendabend.
Merkwürdig, wenn man so alleine ist,
und die Erinnerung an Dich begrabend,
empfind ich, wie lebendig Du noch bist.

Im grünen Lehnstuhl hast Du oft gesessen.
Nun steht er da, so eingebeult und trist.
Ich habe die Vertiefung ausgemessen
und dabei festgestellt, wie schön Du bist.

Der Kater Pünktchen spielt mit seinem Ball
und guckt manchmal, als ob er Dich vermisst.
Und Kunz, der Dackel, sucht Dich überall.
Wie soll man ihm erklären, wo Du bist?

Ich bin allein und trotzdem unzufrieden.
Ich bin allein und doch noch Pessimist.
Mein Wunsch hat sich erfüllt. Wir sind geschieden.
Ich wüsste gern, ob Du mir böse bist.

Die Sache mit Katinka ist zu Ende.
Wie eilig unsereins so was vergisst!
Nun bin ich hier und zähle die vier Wände
und frag mich, ob auch Du so einsam bist.

Erst seit Du fort bist, wurdest Du mir wichtig.
Ich sage das, obwohl es kindisch ist.
Erst seit Du fort bist, liebe ich Dich richtig.
Und schreib, ob Du gut angekommen bist.

# Der Kleine Mann als Dompteur

Als der Zirkus Stilke wieder einmal in Mailand gastierte, sagte Mäxchen am dritten Tag ganz aufgeregt: »Jokus, hör zu, die Hotelkatze hat Junge. Vier Stück. Sie sind acht Wochen alt und hüpfen im Zimmer 228 von den Sesseln auf den Tisch, und wenn sie oben sind, hüpfen sie wieder herunter.«

»Na ja«, meinte der Professor, »ich halte das für ganz vernünftig. Sie können doch nicht dauernd auf dem Tisch bleiben!«

Doch der Kleine Mann hatte heute keinen Sinn für Späße. »Das Stubenmädchen hat sie mir gezeigt«, erzählte er eifrig. »Sie sind gestreift und sehen aus wie viel zu kleine Tiger.«

»Haben sie dich gekratzt?«

»Überhaupt nicht!«, versicherte der Junge. »Wir waren sogar sehr nett zueinander. Sie haben geschnurrt, und ich hab sie mit ein bisschen Hackfleisch gefüttert.«

Der Professor musterte ihn von der Seite. Dann fragte er: »Was hast du vor? Hm? Was führst du im Schilde? Heraus mit der Sprache!«

Mäxchen holte tief Luft und erklärte nach einer Pause: »Ich werde sie dressieren und im Zirkus vorführen.«

»Wen? Das Stubenmädchen?«

»Nein!«, rief der Junge erbost. »Die Kätzchen!«

Jokus von Pokus setzte sich verblüfft auf den Stuhl und schwieg zwei bis drei Minuten. Schließlich schüttelte er den Kopf, seufzte und sagte: »Katzen kann man nicht dressieren. Ich dachte, du wüsstest das.«

Mäxchen lächelte siegesgewiss. Dann fragte er: »Sind die Löwen keine Katzen?«

»Doch, doch. Sie gehören zu den Raubkatzen. Da hast du recht.«

»Und die Tiger? Und die Leoparden?«

»Das sind auch Raub- und Großkatzen. Da hast du schon wieder recht.«

»Setzen sie sich, wenn der Dompteur es will, auf hohe Podeste? Springen sie durch Reifen?«

»Sogar durch brennende Reifen«, ergänzte der Professor.

Der Junge rieb sich vergnügt die Hände. »Da hast du's!«, rief er triumphierend. »Wenn man so riesige Katzen dressieren kann, dann kann man doch Kätzchen erst recht dressieren!«

»Nein«, sagte der Professor energisch, »das kann man eben nicht!«

»Und warum nicht?«

»Ich habe keine Ahnung.«

»Aber ich weiß den Grund«, erklärte Mäxchen stolz.

»Nun?«

»Weil es noch kein Mensch versucht hat!«

»Und du willst es versuchen?«

»Jawohl! Ich habe schon einen Namen für die Nummer! Auf den Plakaten wird stehen ›Mäxchen und seine vier Kätzchen, der atemberaubende erstmalige Dressurakt‹! Vielleicht erscheine ich mit einer schwarzen Maske! Und eine Peitsche zum Knallen brauche ich außerdem. Aber die hab ich schon. Ich nehme die Peitsche von meiner alten Spielzeugkutsche.«

»Na, dann viel Spaß, junger Freund!«, sagte der Herr von Pokus und schlug die Zeitung auf.

Schon am nächsten Morgen stellte das Stubenmädchen vier niedrige Fußbänke ins Zimmer 228. Die vier kleinen Katzen schnupperten neugierig an den Bänkchen, trollten sich aber bald wieder in ihren Korb zurück und rollten sich faul zusammen.

Dann erschien der Etagenkellner. In der linken Hand trug er einen Teller mit Schabefleisch, in der rechten Hand hielt er Mäxchen. Und dieser hielt in der rechten die lackierte Spielzeugpeitsche und in der linken einen spitzen Zahnstocher. »Zum Abwehren der Raubtiere«, erklärte er. »Falls sie den Dompteur angreifen sollten. Und fürs Aufspießen vom Futter.«

»Soll ich hierbleiben?«, fragte der Kellner freundlich.

»Nein, bitte nicht«, sagte der Kleine Mann. »Das erschwert die Dressur. Es lenkt die Tiere ab.«

Der Kellner ging also wieder. Der Dompteur war mit seinen vier Opfern allein. Sie blinzelten zu ihm hin, gähnten lautlos, streckten sich und begannen einander zu putzen, als wären sie seit einer Woche nicht mehr gewaschen worden.

»Jetzt hört einmal gut zu«, rief der Junge schneidig. »Mit dem faulen Leben ist es vorbei. Ab heute wird gearbeitet. Habt ihr mich verstanden?«

Sie putzten sich weiter und taten, als seien sie schwerhörig. Er pfiff. Er schnalzte mit der Zunge. Er klemmte die Lackpeitsche unter den Arm und schnippte mit den Fingern. Er klemmte den Zahnstocher unter den anderen Arm und klatschte in die Hände. Er knallte mit der Peitsche. Er stampfte mit dem Fuß auf. Die Katzen stellten nicht einmal die Ohren hoch.

Erst als Mäxchen mit Hilfe des Zahnstochers einige Brocken Fleisch auf die Fußschemel bugsiert hatte, wurden die vier lebendig. Sie hüpften aus dem Korb heraus, sprangen auf die Schemel, verschlangen die Bröckchen, leckten sich die Lippen und blickten ihren Dompteur erwartungsvoll an.

»So ist's recht!«, rief er begeistert. »Bravo! Nun müsst ihr Männchen machen! Allez hopp! Die Vorderpfoten hoch!« Er stieß die Peitsche in die Luft.

Aber die Kätzchen hatten ihn wohl missverstanden. Oder sie hatten gerochen, dass es im Zimmer 228 noch mehr Hackfleisch gab. Jedenfalls sprangen sie in hohem Bogen von den Schemeln hinunter, liefen schnurstracks zum Teller und machten sich darüber her, als seien sie kurz vorm Verhungern.

»Nein!«, schrie der Kleine Mann empört. »Lasst das sein! Auf der Stelle! Könnt ihr denn nicht hören?«

Sie konnten nicht hören. Sogar wenn sie gewollt hätten. Doch sie wollten ja gar nicht. Sie schmatzten, dass der Teller zitterte.

Mäxchen zitterte noch viel mehr. Aber er zitterte vor Zorn.

»Das Schabefleisch kriegt ihr erst später! Vorher müsst ihr Männchen machen! Und im Gänsemarsch laufen! Und von einem Schemel auf den nächsten springen! Habt ihr mich verstanden?« Er schlug mit der Peitsche auf den Teller.

Da nahm ihm eine der Katzen die hübsche Lackpeitsche weg und biss sie mittendurch.

Als Professor Jokus von Pokus, in Gedanken versunken, den Hotelkorridor entlangkam, hörte er aus dem Zimmer 228 kleine spitze Hilferufe. Er riss die Tür auf, schaute sich suchend um und begann zu lachen.

Die vier Katzen saßen vor dem Waschbecken und blickten gespannt in die Luft. Ihre Schnurrbärtchen waren gesträubt. Die Schwänzchen klopften den Fußboden. Und oben, auf dem Beckenrand, hockte Mäxchen in einem Zahnputzglas und weinte. »Hilf mir, lieber Jokus!«, rief er. »Sie wollen mich fressen!«

»Ach Unsinn!«, sagte der Professor. »Du bist doch nicht aus Hackfleisch! Und eine Maus bist du auch nicht!« Dann holte er den Jungen aus dem Zahnputzglas heraus und betrachtete ihn gründlich und von allen Seiten. »Dein Anzug ist ein bisschen zerrissen, und auf der linken Backe hast du einen Kratzer. Das ist alles.«

»So ein Gesindel!«, schimpfte Mäxchen. »Erst haben sie meine Peitsche zerbrochen und den Zahnstocher zerkaut, und dann haben sie Fußball gespielt!«

»Wer war denn der Fußball?«

»Ich! Ach, lieber Jokus! Sie haben mich in die Luft geworfen und aufgefangen und unters Bett geschossen und wieder vorgeholt und übers Parkett getrieben und wieder hoch in die Luft geschleudert und wieder unters Bett geschossen und vorgeholt und unterm Teppich verbuddelt und wieder herausgeangelt, es war furchtbar! Wenn ich nicht das Handtuch erwischt hätte und aufs Waschbecken und ins Zahnputzglas geklettert wäre, wer weiß, ob ich noch lebte!«

»Armer Kerl«, meinte der Professor. »Doch nun ist es ja vorbei. Jetzt wasch ich dich und bring dich ins Bett.«

Die vier Kätzchen blickten verdrossen hinter dem Professor drein. Es kränkte sie, dass ihnen der große Mann den kleinen Fußball weggenommen hatte, der so hübsch brüllte, wenn man mit ihm spielte. Dann dehnten sie die Hinterbeine, spazierten zu dem Teller hinüber und steckten die Nasen hinein. Aber der Teller war und blieb ratzeputzleer.

Die Gescheiteste der vier dachte: »Pech gehabt!«, und rollte sich auf dem Bettvorleger wie eine Brezel zusammen. Kurz bevor sie einnickte, dachte sie noch: »Fressen kann man nur, wenn einem jemand was bringt. Schlafen ist einfacher. Das kann man ohne wen.«

Mäxchen saß inzwischen vergrämt in seiner Streichholzschachtel, hatte ein Pflaster auf der Backe und trank aus einer winzig kleinen Meißner Porzellantasse heiße Schokolade. Der Professor hatte eine Lupe ins Auge geklemmt und stopfte die Löcher in Mäxchens Anzug.

»Und du weißt ganz bestimmt und genau, dass man Katzen nicht dressieren kann?«, fragte der Kleine Mann.

»Ganz bestimmt und genau.«

»Ob sie dümmer sind als die Löwen und Tiger?«

»Kein Gedanke!«, sagte der Professor überzeugt. »Es macht ihnen ganz einfach keinen Spaß. Ich kann das gut verstehen. Mir machte es auch keinen Spaß, durch brennende Reifen zu springen.«

Mäxchen musste lachen. »Das ist eigentlich schade! Stell dir einmal vor: Lauter Tiere als Zuschauer! Kängurus und Bären und Seelöwen und Pferde und Pelikane! Stell dir das mal vor! Alle Plätze ausverkauft!« Er zog sich vor Vergnügen an den Haaren und rief: »So! Und nun lüge du weiter!«

»Also gut«, sagte der Professor. »Im Orchester trompeten die Elefanten einen Tusch. Dann betritt der Löwe die Manege. Er hat eine Peitsche in der Pfote und einen Zylinder auf der gelben Mähne. Es wird mucksmäuschenstill. Vier ernste Tiger rollen einen Käfig in die Manege. In dem Käfig sitzt ein Herr im Frack und knurrt.«

»Schön!« Mäxchen rieb sich die Hände. »Der Herr bist du!«

»Jawohl. Der Löwe zieht schwungvoll den Zylinder, verbeugt sich und ruft: ›Jetzt, verehrtes Tierpublikum, sehen Sie die Attraktion unsres Programms! Es ist mir gelungen, einen Menschen zu dressieren. Es ist ein sehr gebildeter Mensch. Sein Name ist Professor Jokus von Pokus. Er springt vor Ihren Augen durch einen brennenden und mit Papier bespannten Reifen! Ich bitte die Spechte der Kapelle um einen gedämpften Trommelwirbel!‹ Die Spechte trommeln. Der Käfig öffnet sich. Zwei Tiger halten einen Reifen in die Luft. Der Löwe knallt mit der Peitsche. Ich komme langsam aus dem Käfig heraus und schimpfe. Der Löwe knallt noch einmal mit der Peitsche. Ich klettre auf einen Podest und schimpfe noch mehr. Ein Glühwürmchen zündet den Reifen an. Er beginnt zu brennen. Der Löwe haut mir mit dem Peitschenstiel eins über den Hosenboden. Ich brülle vor Wut. Er haut mich wieder. Und jetzt springe ich mit einem einzigen Satz durch den brennenden Reifen. Das Papier zerplatzt. Die Flammen zucken. Es ist gelungen! Die Elefanten trompeten. Die Spechte trommeln. Ich erhebe mich aus dem Sand, klopfe mir die Hosen sauber und mache einen tiefen Diener.«

»Und alle Tiere im Zirkus klatschen wie wild«, rief der Kleine Mann begeistert, »und der Löwe gibt dir zur Belohnung ein Kalbskotelett!«

»Und du schläfst jetzt, junger Freund!«, befahl der Professor. Er sah auf die Armbanduhr. »Es ist Mittwoch, und ich muss zur Nachmittagsvorstellung.«

»Zaubre schön!«, sagte Mäxchen. »Und noch eins!«

»Was denn?«

»Mit den vier Katzen war es leider nichts.«

»Nein.«

»Aber eins steht trotzdem fest. Ich werde Artist!«

# Katzengrüße

Agra, 23. 3. 62

Liebe Lotte, wie Du siehst, hab ich mich fotografieren lassen, noch dazu in schönem Bunt! Vor allem für die Katzen. Ich bin neugierig, ob sie mich gleich erkennen, wenn Du ihnen das Bild zeigst. Die Blume an meinem Ohr ist eine Kamelie aus H[ermann] Hesses Garten. Herzlichst Dein Erich

[Agra,] 20. 6. 62

… die Katze hat eben meine Kragenweite gemessen. »46 cm«, sagte sie. Das kann aber nicht stimmen. Nun ist sie ärgerlich und will mir graue Socken mit rotem Garn stopfen! Komische Tiere, keinen Farbsinn.

[Lugano,] 5. 7. 62

… da hab ich endlich mal wieder eine klassische Katzenkarte entdeckt. Karte dreckig, aber Katze sauber, das ist ja die Hauptsache. Gegenstück zu »Madonna im Rosenhag«.

[Lugano,] 4. 8. 62

Dich eben zum Bahnhof gebracht habend, trete ich versehentlich auf eine miauende Katze. La voilà!

*Die Karte quietscht, wenn man auf sie drückt. (Anm. d. Hrsg.)*

[Agra,] 5. 10. 62
Sollte Tonis Katze werden. Hält nicht still. Zeichnen müsste man können.

[Agra,] 2. 11. 62
Liebe Lotte, eben las ich, dass der Schweizer Maler Ernst Morgenthaler geschrieben hat: »Ich liebe das Leben und das schöne Wetter.« Die Zusammenstellung hat mir *sehr* gefallen. Die Katze gefällt mir weniger. Aber ich schicke sie Dir trotzdem, weil ich mir ziemlich viel Mühe gegeben habe. Wenn ich wenigstens den Hals nicht vergessen hätte! Herzlichst Dein Erich

Grüße an …
… das vierkätzige Kleeblatt, die Kätzchen, die vierblättrigen Katzen, die vier seidigen (vierseitigen) Katzen, die Vierkatzen, die Damen Pola, Lollo, Anna und Herrn Butsch de Mendel, das Schnurrquartett, die Zwei- und Vierbeiner, die Zwo- und Fürbeiner, die  en!

# Vor allem Anna

## Hausnachrichten für und Briefe an Luiselotte Enderle

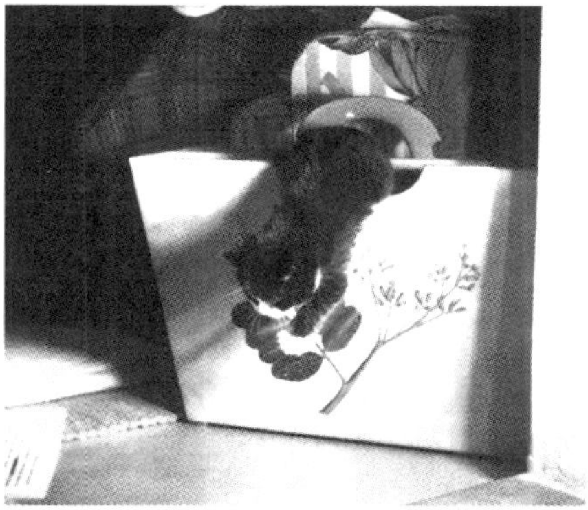

L[iebe] L[otte],
also, außer Anna sind die Katzen im Haus.
Der Fall Anna: Ich holte sie, als es hell war, bei Radis von einem Baum. Sie saß höchstens 2½ m hoch. Dann nahm ich sie auf den Arm und paar Minuten später sie mich: Beim Klettern auf die kleine Mauer von Radis' Gemüsegarten. Dabei lief sie mir wieder davon, blieb in Sichtweite und ließ sich nicht fangen. Sie fühlt sich sehr wohl da drüben. Väterliche Jagd- und andre Gründe sind vielleicht dran schuld.
Von mir aus kann sie drüben bleiben. Emil
Gegeben 18. 5. 56, 5 h morgens

LL
Bericht von der Katzenfront: Unser Großwild, *in*klusive Lollo, gärtnert. Macht aber bei dem Maiwetter nichts. Unternimm keine mühseligen Beschwörungen! Sollen sie bummeln!
Anna ist häuslich. Will gar nicht ins Freie. Übt Springen nach lebenden Zielen, z. B. Fliegen.

Na hörnse:
unsre Regimenztochter Anna saß, während ich sie im Hause suchte, längst auf dem Garagendach und amüsierte sich sehr, als ich bald aus Deinem, bald aus meinem Südfensterchen blickte u näherzutreten bat. Dann lockte ich sie, da sie nicht springen wollte, aufs Gartentor. Das tat sie, und nun lauscht sie in der Wiese dem Froschkonzert.
Die drei Großkatzen sind innen. Anna will nicht. Sie hat ja schon gefressen. Ich wollte sie fangen. Haha!

Dein Emil

Anna
ist nicht erschienen.
Emil

LL,
*Kurzer Bericht von der Katzenfront:*
1. Alle Katzen haben abendgebrotet.
2. Das Fliegengitter haben sie schon gelockert!
3. Anna kam aus dem Bach. Ich hab sie frottiert.
4. Pola ging dreimal ins Haus und kam dann dreimal aus dem Garten. Sie kann nur aus meinem oder gar Deinem Fenster gesprungen sein.
5. Lollo gab dem Gewitter am spätesten nach, d.h. ehe sie freiwillig ins Haus kam. Fangen ließ sie sich nicht.
6. Butschi gab zu originellen Beobachtungen keinen bestimmten Anlass.
7. Salmony rief an, da Du angerufen habest. Sprachen über Dürrenmatt Dünnes.
8. Alle Katzen sind inwändig.

LL,
Da hatte ich gedacht, alle Katzen seien in den Etagen. War ein Irrtum. Anna nicht! Lauerte »mäuschen«still vorm Bücherbort am Fenster links. (Wie ich erst später rekonstruiert habe.) Und dann begann, da erst fiel mit det uff, ein Katz- und Mausspiel. Bis ich beide ins Freie jagte. Was, weil die Maus partout nicht wollte, schwierig war.
Eben kommt Anna enttäuscht zurück. Maus perdu. Hockt sich wieder vor die Bücher. Kann's nicht glauben. Oder hält sie Rankes Werke für eine Mäusequelle? Welche Verkennung eines großen Historikers!

Dein Emil
MNA (Mäuse-Nachrichten-Agentur)

Agra, 26. 6. 62
Liebe Lotte, pass auf, dass Anna diese Karte nicht zu Gesicht kriegt. Sonst will sie *auch* ein Ruderboot fürs Schwimmbecken haben! Das wird zu teuer!

München, 25. 9. 63
Wie schön, dass Dir die Arbeit Spaß zu machen scheint! Ich freue mich riesig drüber. Die Katzen haben Menuett getanzt. Anna sagte, es sei »Katzaise«.

Agra, 6. 12. 64
Grüße Heidi, Frau Holzer und die Katzen, vor allem Anna.

Berlin, 29. 9. 65
Liebe Lotte,
hab vielen Dank für die ausführliche Post, die sich mit meinem kurzen Stockholmreferat gekreuzt haben muss. Gestern konnte ich noch nicht antworten, weil mir der Tod von Pola, so nahe er sein mochte, und vor allem von Anna ziemlich zusetzte. Was mag der Befund mit »chronischer« Vergiftung meinen? Dass die Vergiftung weit zurückliegt und zunehmend fortgewirkt hat? Ach nein, ich kann kein Wort mehr darüber schreiben. Schlimm, was Du durchgemacht haben wirst. Grüß den Butschi.

Rapperswil, 17. 4. 69
Wie geht's Mucki? Neulich nachts träumte ich von Anna. Das war kein Spaß.

# Anhang

## Anmerkungen

Die bibliographischen Angaben nach den einzelnen Texten geben die Quelle an, der der Text entnommen wurde. Zusätzlich werden Ort und Zeit des Erstdrucks genannt. Für weitergehende Angaben siehe Johan Zonneveld, *Bibliographie Erich Kästner*, Bd. I–III. Aisthesis Verlag, Bielefeld 2011, 2443 S. Ohne Verfassernennung aufgeführte Werke sind von Erich Kästner.
Die Briefe an Luiselotte Enderle und die für sie bestimmten Hausnachrichten werden, unter Wahrung von Kästners privater Orthographie (ausgenommen die Anwendung der ss-Regel), nach den handschriftlichen Originalen zitiert. Sie liegen im Nachlass Luiselotte Enderle bei RA Peter Beisler, München (NLE, München).
Auslassungen innerhalb der ausgewählten Textpassagen sind mit Klammern [...] gekennzeichnet.
Kästners Werke für Erwachsene sind in Einzelausgaben lieferbar im Atrium Verlag, die Bücher für Kinder im Dressler Verlag. Die neunbändige Werkausgabe von 1998 ist lieferbar im dtv: Erich Kästner, *Werke*. Herausgegeben von Franz Josef Görtz. Bd. I–IX. Deutscher Taschenbuch Verlag, München 2004. Dient sie als Textvorlage, erscheint in den bibliographischen Angaben die jeweilige Band- und Seitenzahl (I, S. 304 f).

### Kästners Katzen

(Seitenangaben ohne Nennung einer Quelle beziehen sich auf die vorliegende Ausgabe.)
*Katzen haben uns gern ...*: Erich Kästner lt. *Kästner anekdotisch*. Hrsg. Luiselotte Enderle, Kindler Verlag, München 1970, S. 86 f.
*»Jetzt sitzt mir eben die Mieze auf der Achsel«*: Postkarte an Ida und Emil Kästner, o. D. [4. oder 5. 10. 1909, s. Zonneveld, Bd. I, S. 650], in: *Dieses Na ja!, wenn man das nicht hätte!* Ausgewählte Briefe von 1909 bis 1972. Hrsg. Sven Hanuschek, Atrium Verlag, Zürich 2003, S. 14.
*Zeichnungen:* mit Unterschriften in Sütterlin, in denen Kästner die Beschriftungen von Familienfotos seiner Kinder- und Jugendzeit ironisiert.
*ein schwarzes Angorakätzchen:* lt. Notiz von Luiselotte Enderle auf der Rückseite der großformatigen Vergrößerung »Pola und Baby Butschi«. (Abb. S. 23).
*Butschi:* siehe Luiselotte Enderle, *Kästner*. Eine Bildbiographie, Kindler Verlag, München 1960, S. 140. Die Comic-strip-Serie *Butch the Burglar* von Larry Reynolds erschien in den USA seit Ende der 1940er Jahre wöchentlich in *Look*, später in der Bundesrepublik Deutschland, lt. Enderle in *Esquire*.
*»wegen ihrer wolligen Molligkeit«: Kästner anekdotisch*, S. 86.
*Lollobrigida, kurz Lollo*: nach dem italienischen Filmstar Gina Lollobrigida.
*vier Kätzchen ...*: Das schwarzweiße Kätzchen (Anna) blieb im Hause Kästner, die anderen drei – die graue Mimi und die getigerten Lottchen und Ottchen – fanden Abnehmer. Fotos dieser drei Kätzchen illustrieren *Haben wir Ihren Geschmack getroffen?* und *Der Kleine Mann als Dompteur*.
*Ständig musste jemand aufpassen ...: Kästner anekdotisch*, S. 86. Der Artikel *Der Fall Anastasia* (*Die Zeit*, 29. 12. 1955) löste eine wochenlange Diskussion in der Presse aus.
*»Anna klettert ...«*: an Emil Kästner, 19. 12. 1956, in: *Dieses Na ja!, wenn man das nicht hätte!*, S. 290–292.

*»Die Katzen und der Flieder und die wilde Wiese«:* an Luiselotte Enderle, 28. 3. 1967, auf die Nachricht vom Tod eines alten Nachbarn: »Der Bachmann fehlt mir, in der Vorstellung, an allen Ecken und Enden. […] Er gehörte immer zu uns. Wie die Katzen und der Flieder und die wilde Wiese.« (NLE, München)
*Ausspruch Loriots:* »Ein Leben ohne Mops ist möglich, aber sinnlos.«

## Für die Katz

*Kurz und bündig,* I, S. 273. Erstdruck: *Pinguin,* Jg. 4, Heft 3, März 1949, S. 12. Erst ab der 2. erw. Aufl. 1950 in die Epigramm-Sammlung *Kurz und bündig* aufgenommen.

## Haben wir Ihren Geschmack getroffen?

*Drei Männer im Schnee.* Zwei Missverständnisse (Auszug), Siamesische Katzen (Auszug), IV, S. 53–55, 62 f. Erstdruck: *Drei Männer im Schnee.* Eine Erzählung, Rascher & Cie, Zürich 1934.

## Junger Mann, 5 Uhr morgens

*Gesang zwischen den Stühlen,* I, S. 212 f. Erstdruck: *Die Weltbühne,* Jg. 28, Nr. 17, 26. 4. 1932, S. 638.

## Ein ruhiger Nachmittag

*Neues von gestern. Gesammelte Schriften für Erwachsene,* Droemer Knaur, München / Zürich 1969, Bd. 8, S. 136–140 (Auszug). Erstdruck: *Die Neue Zeitung,* Jg. 2, Nr. 96, 2. 12. 1946, Feuilleton- und Kunstbeilage, S. 3.

## Liebes Lottchen! Lieber Mäcki! Wie geht's Euch denn?

Anfangszeile einer Postkarte an Luiselotte Enderle, 23. 8. 1947. NLE, München.
An Luiselotte Enderle, 16. 2. 1948 *(Dieses Na ja!, wenn man das nicht hätte!,* S. 128 f.), 25. 2. 1948, 24. 4. 1948 (NLE).
*Frl. Dressler:* Cecilie Dressler, die Verlegerin von Kästners Kinderbüchern.
*… wohlauf, die Luft geht raus und rein?:* Persiflage der Anfangszeile des »Frankenlieds« (»Wohlauf, die Luft geht frisch und rein«, Text 1859 von Viktor von Scheffel, u. d. T. *Wanderlied)* – vermutlich alter Schülerwitz.

## Zwischen Stiefmütterchen

*Die kleine Freiheit.* Zwischen hier und dort, II, S. 315 f. (Auszug). Erstdruck: *Die Weltwoche,* Zürich, Jg. 20, Nr. 973, 4. 7. 1972, S. 2.

## All we three cats are in. Katzenpost für Emil Kästner und Luiselotte Enderle

An Emil Kästner, 29. 1. 1954, 30. 5. 1954, in: *Dieses Na ja!, wenn man das nicht hätte!,* S. 224, 228; 11. 1. 1955: Nachlass Kästner, DLA Marbach (Beschriftung auf der Rückseite eines Fotos, das eindeutig Butschi und *nicht* die junge Lollo zeigt); 6. 6. 1955, aus: Sven Hanuschek, *Keiner sieht dir hinter das Gesicht. Das Leben Erich Kästners,* Carl Hanser Verlag, München-Wien 1999, S. 380, 382.
*Katzenpost* (Hausnachrichten) *für Luiselotte Enderle:* NLE, München.
*nein, meine Suppe ess ich nicht:* wiederholte Weigerung des *Suppenkaspar* in Heinrich Hoffmanns *Struwwelpeter.*
*Frontbericht Schrankzimmer:* Nachlass Kästner, DLA Marbach. Manuskript, o. D. Erstdruck: Luiselotte Enderle, *Kästner.* Eine Bildbiographie, Kindler Verlag, München 1960, S. 116 (Faksimile).
*Professorin Krüger:* Anna Krüger. »Eine tüchtige Dame, streng, aber gerecht. Sie hat meine Kinderbücher immer schon verteidigt, nicht zuletzt gerade gegen die Lehrer, deren Majorität auch heute noch unter der Regierung Kaiser Wilhelms lebt. Sie unterrichtet in einem Lehrerbildungsinstitut an der Bergstraße, wenn sie nicht grad über Jugendliteratur schreibt.« (Kästner an Luiselotte Enderle, 7. 9. 1962, NLE, München.)

## Eine kleine Nachtmusik

Nachlass Kästner, DLA Marbach. Typoskript, o. D. [Mitte / Ende der 1950er Jahre]. Den alternativen Titel *Die kleine Katermusik* hat Kästner auf dem Blatt durchgestrichen. Mein herzlicher Dank an Johan Zonneveld, der mir den Text zur Verfügung gestellt hat.

## Die Wäschefrage

*Als ich ein kleiner Junge war.* Und zum Schluss ein Nachwort (Auszug), VII, S. 150–152. Erstdruck: *Als ich ein kleiner Junge war.* Roman, Atrium Verlag, Zürich 1957.

## Meine Katzen

Erstdruck: *Oh diese Katzen.* Geschildert in 34 Fotos. Eingeleitet von Erich Kästner. Mit praktischen Ratschlägen von Paul Leyhausen. Zusammenstellung und Bearbeitung Bernd Lohse, Umschau Verlag, Frankfurt a.M. 1959, S. 5–12. Zitiert nach der 4. Aufl. 1966.

*und lebt mit uns schon so lange zusammen:* seit Sommer 1948.

*»Geschlecht und Charakter«:* Anspielung auf das 1903 erschienene gleichnamige, extrem frauen- und lustfeindliche Buch von Otto Weiniger, das ein großes Echo fand und viele Auflagen erlebte.

*T. S. Eliot:* 1888–1965. Old Possum war ein Spitzname Eliots.

*Old Possum's Book of Practical Cats:* Faber and Faber, London 1939.

*Wie heißen die Katzen?:* Erstdruck: T. S. Eliot, *Old Possums Katzenbuch.* Suhrkamp Verlag, Berlin, Frankfurt a. M. o. J. [1952], S. 7 f.

## Brief nach der Scheidung

*Nachlese zur Nachlese,* I, S. 349. Erstdruck: *Berliner Tageblatt,* Jg. 59, Nr. 607, 25. 12. 1930, Morgenausgabe, 4. Beiblatt, u. d. T. *Nach der Scheidung.* Alle folgenden Nachdrucke trugen den Titel *Brief nach der Scheidung.*

*Kater Pünktchen:* Kästner hatte in der Zeit schon erste Ideen zu *Pünktchen und Anton.*

## Der Kleine Mann als Dompteur

*Der kleine Mann,* VIII, S. 405–410. Erstdruck: *Der kleine Mann.* Roman für Kinder, Atrium Verlag, Zürich 1963.

## Katzengrüße

Karten und Briefe: NLE, München.

*H[ermann] Hesse:* »Meine Erinnerungen an Hermann Hesses Kameradschaftlichkeit gehören zu meinen, was die Literatur anlangt, angenehmsten Erfahrungen. Während eines mehrjährigen Aufenthalts in einem Tessiner Sanatorium hatte ich wiederholt die Freude, ihm in Montagnola Guten Tag zu sagen. […] Er hat mich sehr früh öffentlich gelobt, und ich habe ihn sehr spät persönlich kennengelernt.« Kästner an den Suhrkamp-Lektor Volker Michels, 20. 7. 1971, in: *Dieses Na ja!, wenn man das nicht hätte!,* S. 516.

*Tonis Katze:* Toni war der Wirt im Café und Ristorante San Gottardo in Agra, wo Kästner Stammgast war.

*Kratzeleide:* nach der schmerzgeprüften Mutter Parsifals, Herzeleide.

*Grüße an …:* eine Auswahl aus den Formulierungen, mit denen Kästner in seinen Briefen an Luiselotte Enderle die Katzen grüßen ließ.

## Vor allem Anna. Hausnachrichten für und Briefe an Luiselotte Enderle

NLE, München.

*Mucki:* auch Lollo II genannt. Eine rassereine Perserkatze, seit 1966 bei Enderle und Kästner. Butschi war um die Jahreswende 1968/69 gestorben, im Alter von immerhin 17 Jahren, Lollo(I) schon 1964, wohl infolge eines Unfalls.

# Bildnachweis

Nachlass Luiselotte Enderle, RA Peter Beisler, München: 11, 17, 21–23, 25, 26, 28, 30, 33–35, 37, 38, 40, 48, 51, 53, 55–61.

Nachlass Kästner, DLA Marbach: 27.